繽紛中華

中國美食

馬艾思 著　黃裳 繪

新雅文化事業有限公司
www.sunya.com.hk

在學校上了一整天課，
查理和盈盈放學回家，想在廚房找些東西吃。
當他們打開冰箱時，一隻聰明又友善的精靈跳了出來。
牠是來自中國的小龍！

查理和盈盈驚喜萬分，期待大快朵頤一番。

北京烤鴨是一道著名的中國菜式。
世界各地的人也愛吃北京烤鴨。
你們想嘗嘗嗎？來，我們動筷吧！

4

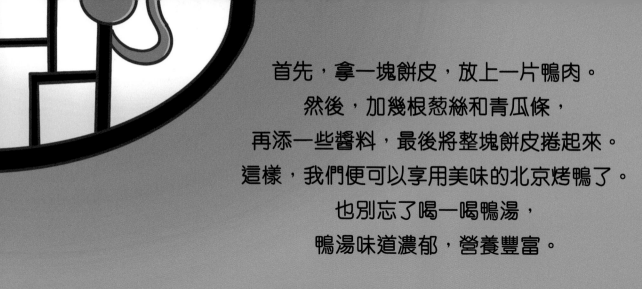

首先，拿一塊餅皮，放上一片鴨肉。
然後，加幾根葱絲和青瓜條，
再添一些醬料，最後將整塊餅皮捲起來。
這樣，我們便可以享用美味的北京烤鴨了。
也別忘了喝一喝鴨湯，
鴨湯味道濃郁，營養豐富。

如果能在外國的感恩節
吃到北京烤鴨這種美食，
你說多好啊！

麵條在中國廣受歡迎。
它有不同形狀，有幼幼圓圓的，也有粗粗扁扁的。
麵條可放湯享用，也可加入蔬菜和肉做炒麵。

幼麵

刀削麵

紅薯寬粉

上海麵

在中國傳統文化中，
麵條代表長壽，越長越好！

雲吞麵

炒麵

餃子是中國和亞洲其他國家常見的美食。

外層是薄薄的麵皮，內餡以鮮肉和菜為主。

進食時，蘸一些醋，味道更佳。

餃子在中國文化中寓意團圓。

在重要的節日，我們會與家人一起享用餃子。

不論是水煮、蒸或煎，餃子都令人食指大動。

你們有吃過點心嗎？
點心是一種獨特的中國飲食文化，
食物款式眾多，有叉燒包、春卷、蝦餃等等，
簡直是一頓豐富的美食盛宴啊！

蝦餃

燒賣

腸粉

煎堆

各式包點

你知道嗎？每款點心的分量都不多，
那麼我們就可以品嘗多種點心，
但又不怕太飽了！

想吃些小食嗎？
你一定要嘗嘗冰糖葫蘆。

12

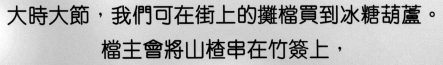

大時大節，我們可在街上的攤檔買到冰糖葫蘆。
檔主會將山楂串在竹籤上，
然後在山楂表面淋上一層透薄的糖漿。
冰糖葫蘆酸甜開胃，美味可口，
很多中國人也愛吃！

現在還可買到冰糖奇異果、
士多啤梨和菠蘿，
你看，就像一道美麗的彩虹！

13

快來試試一些最多人喜歡的中國茶，
比如龍井、普洱和香片。
每種茶各有獨特的味道，且有益健康。
來淺嘗一口，享受中國茶甘甜的味道。

要不要吃些甜品？不如試試湯圓吧。
湯圓是美味的中式甜品，
常以紅豆等食材作為甜餡料，
配以暖暖的糖水一同進食，百吃不厭。

湯圓和餃子一樣，有團圓的意思。
節日期間，湯圓是與家人分享的重要美食。
下次與家人聚餐時，記着嘗嘗啊！

來抬頭望向夜空，是滿月啊！
圓圓的月亮看似中國其中一種節日美點──月餅。
月餅美味可口，內裏裹着蓮蓉和鹹蛋黃。

在中秋節，家人經常相聚賞月和吃月餅。
現在，我們可以嘗到很多不同種類的月餅，
例如：雪糕月餅和五仁月餅。
你最想嘗試哪一種呢？

接着，我們來品嘗另一種節日美食——糉子。
糉子由荷葉包裹，形狀像金字塔。

糭子由糯米、豬肉、冬菇等材料製成。
只要吃一口，就會頓覺美味無窮。

生肉片

火鍋時間到了！
火鍋是很有趣的中國菜式。
你可以在滾湯中煮熟自選的肉類、
蔬菜和麵條。

炸腐皮卷

各式肉丸

火鍋不僅是普通的一頓飯，
它還為家人和朋友帶來相聚的溫暖和快樂。
你們也來享受溫暖入心的火鍋吧！

查理和盈盈享受過每一口中國美食後，
和小龍回家去了。

和小龍道別時，查理和盈盈知道自己已深深愛上中國美食。
當然，他們也很高興認識了小龍這位新朋友。

中國美食漢英詞彙

北京烤鴨
🔊 Běijīng kǎo yā
EN Peking Duck

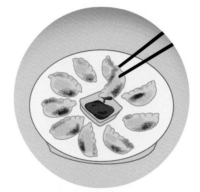

餃子
🔊 jiǎo zi
EN Dumplings

麵條
🔊 miàn tiáo
EN Noodles

點心
🔊 diǎn xin
EN Dim sum

冰糖葫蘆
🔊 bīng táng hú lu
EN Sugar-coated haws

中國茶
🔊 Zhōngguó chá
🅴🅽 Chinese tea

月餅
🔊 yuè bing
🅴🅽 Mooncakes

湯圓
🔊 tāng yuán
🅴🅽 Sticky rice balls

糉子
🔊 zòng zi
🅴🅽 Sticky rice dumpling

火鍋
🔊 huǒ guō
🅴🅽 Hot pot

繽紛中華

中國美食

作者：馬艾思
繪圖：黃裳
翻譯：小新
責任編輯：黃稔茵
美術設計：郭中文
出版：新雅文化事業有限公司
香港英皇道499號北角工業大廈18樓
電話：(852) 2138 7998
傳真：(852) 2597 4003
網址：http://www.sunya.com.hk
電郵：marketing@sunya.com.hk
發行：香港聯合書刊物流有限公司
香港荃灣德士古道220-248號荃灣工業中心16樓
電話：(852) 2150 2100
傳真：(852) 2407 3062
電郵：info@suplogistics.com.hk
印刷：中華商務彩色印刷有限公司
香港新界大埔汀麗路36號
版次：二〇二四年三月初版
二〇二四年六月第二次印刷

版權所有·不准翻印

ISBN: 978-962-08-8356-9
© 2024 Sun Ya Publications (HK) Ltd.
18/F, North Point Industrial Building, 499 King's Road, Hong Kong
Published in Hong Kong SAR, China
Printed in China